빛바랜 지난날도 그리움이다

오필선 시집

시음사
시사랑음악사랑

시인의 말

부끄러운 일이다.
시집 한 권을 꺼내 놓는다는 것.
푸른 민낯이기를 바라지만 온전히 감당하기에는 버거운
쓰디쓴 유혹이었다.
통로를 지나는 것이 어디 사람뿐이겠는가?
스쳐 지나가는 통로에 우두커니 홀로 선 채 이방인이라
느끼며 산다.
새가 되어야 날 수 있다고 생각하지만 늘 새장을 벗어나지
못한다.
두렵고 민망한 일이다.
내려놓을 수 없어 붙들고 있는 행간들.
그 때문에 두려움과 부끄러움이 지칠 줄 모르고 달라붙는다.
"너였구나!" 언젠가 인사를 반갑게 건네는 그 날이 올 것
같아 나를 찾아가는 길에서 나를 만나려고 애를 쓴다.
뻥 뚫린 통로에 길을 잃은 한 줄의 머쓱한 부끄러움을 걸고
스쳐 지나간 누군가의 진했던 향수처럼 기억되길 바라는
어설픔을 놓는다.

2019. 4월
시인 오필선

제1부

제2부

제3부

제4부

제5부

⊠제1부

황금빛 날개를 수북이 아래로 내려놓는다.
언제부터 나무는 예의라는 걸 배웠을까?
- 은행나무 -

말에 대한 소고

가끔은 혀에도 건방이 들어
짧아진 혀는 가슴을 후비는
반 토막 말들을 거침없이 쏟아내고

가끔은 혀에도 기름이 고여
길어진 혀가 미끈거리며
늘어지는 말들을 함부로 지껄인다

"산전수전을 다 겪었다."
짧은 듯 늘어지는 말은 닥치고
밴댕이 속이라도 진정으로 말해야 함은

잘린 혀가 피를 흘리며 용을 틀어도
비수가 꽂힌 마음보다 아프지는 않다

돌탑

바람엔 돌탑이 무너지지 않음은
사이사이 바람 지나는 길을
막아서지 않기 때문이며

장대비에 돌탑이 젖어 들지 않음은
쏟아내는 빗물을 굳이
담아내지 않기 때문이다

돌탑은 반듯하게 격을 갖추고

소원하는 모든 이의 바람과
아파하는 모든 이의 소망과
미워하는 모든 이의 용서와
사랑하는 모든 이의 애정을

목석처럼 우뚝우뚝 받아줄 뿐

금낭화

가슴에 비수를 뽑지도 못하고
지쳐가는 심박이 헐떡이는 것을
모자란 숨 때문인 줄 알다가

느려진 눈으로 드는 금낭화 하나가
떨림 같은 너와 닮았다고 느껴지며
다독이듯 설레는 향으로 든다

투명함이 푸른 바람으로 강가를 돌다
낮은 거품이 되어 몸을 씻는다
탁 트인 들이 이제야 보이고
꽃들도 쉬고 있었음을

더 멀리, 더 깊이 모자란 숨이 채워진다

아담과 이브

그대와 내가 처음 만나
아담과 이브가 되었을 때
태초라는 어떤 존재에도
의미는 필요치 않았다

약속이란 걸 시작하면서
기다림이란 텅 빈 곳이 들고
원하는 것이 늘어가면서
행복이라는 바람이 생겼다

필요치 않은 변명이 늘고
울먹이며 감기는 눈으로
부끄러운 거울이 비추어져
에덴동산을 가림막으로 덮는다

갈무리

하늘거리는 능수버들 이파리 하나가
칼날 같은 사선으로 떨어지며
마음 한쪽을 비명처럼 베고 말았다

몽글거리는 붉은 선혈이
스치듯 베인 한편의 가슴으로
툭! 툭! 불거지는 사연을 밀쳐내지만

늘 그렇다고, 바뀌지 않는다고
미어진 가슴일랑 혼자 추스르는 거라고

해돋이

여인이었다

강렬하고 뜨거운
너의 열정과 맞서려고
철재 갑옷과 도깨비 투구를 쓰고
당당하게 조금은 긴장되게
그리고 의연하게 버티며
너를 기다린다

붉은 마성의 기운이 감돌고
서서히 모습을 드러내는
의외의 부드러움에 흠칫 놀라
손에 쥔 장검엔 한껏 힘이 쥐어졌다

아려 터질 강렬한 빛은 요원하다
서서히 오르는 너는
한껏 치장한 요염한 여인네

장검을 쥔 손마디 쑥스러워 감추고
알몸으로 마주한 여인네에 반했다
당신이었구나!

어설픈 그래도 궁금한

회오리를 숨긴 채
노천 온천에 담가 둔
따뜻함이 교차하는
물바람은 위험하다

뜨거움을 잡아내
애무하듯 스쳐 가며
느낌 없이 살 비비는
매번 습관도 한참 위험하다

알몸과 비누 거품이
뭉개지듯 비벼지며 어우르고
한 몸인 양 부풀고 터져 대지만
끌림과 밀림의 박자는 늘 일정하다

마른 수건의 물방울이
연인 같은 살갗을 내어 주다
불꽃 튀는 드라이기 정전기로
번쩍! 사랑에 종지부를 찍는다

서로에게 녹아내리지 않을
유리알처럼 투명하지 않은
어설프고 궁금한 사랑이거든
마음에 손잡이는 당기지 마라

계절은 가고 또 오는 것

외출에서 돌아온 여자가 옷을 벗는다
화려한 장신구를 풀어헤치고
외투를 벗어 침대 위로 휙 던지고
블라우스와 주름이 잡힌 치마를 벗더니
감식반 요원처럼 훑고 지나간다
탱탱한 젖가슴 싸개를 벗겨 냄새를 맡고
삼각끈을 풀고 훤히 보이는 거울에 비추고는
거품을 뭉게뭉게 피우며 화장을 지운다
화려함을 벗어던진 앙상하게 배가 부른 저 여자
맥이 빠져 풀썩 주저앉아 통곡하는 저 여자
하나, 둘 새살이 돋아 싹이 오르고
아리도록 푸르름을 견주다
빨갛게 물드는 단풍처럼
저 여자는 오늘도 그렇게 살았나보다
지나간 몇 계절에 고개를 숙인 저 여자
긴 밤을 동면처럼 누이고 나면
분 바르고 연지 찍고 꽃단장을 하겠지
오늘처럼…

백 년으로 기우는 세월

지고 피는 꽃잎은
피고 또 지는데
세월은 반백 년을 넘어
차오른 연통 찌꺼기 마냥
막힌 목구멍을 서걱거리네

복숭아 뽀얗게 익어가는 얼굴에
보송보송 솜털로 분 바르고
살짝살짝 스치는 바람엔
빨간 수줍음도 성숙한 세월인데

그대라는 사람을 만나
그림자 속 뒤지고 그늘 뒤에 숨느라
지고 피는 꽃잎을 세어보질 못했네
몇 개를 피워내고 몇 개를 맺었을까
어느새 백 년으로 기우는 세월

오이도 등대

오이도 등대에는 아침부터 비를 뿌렸나 보다
꼬락서니를 보니 어젯밤부터 비를 홀딱 맞았겠다
돌주리라 불렸던 옥구도는 이름값을 하려는지
빙빙 돌아가는 오름길을 안개로 감추고
언제인지 기억도 가물거릴 옛이야기를 들춘다

끄덕이듯 깜박이는 불빛은 감았다 뜨기를 반복하다
아! 그랬었지, 등대 앞 선착장 어부들 푸념 소리에
맞장구를 치고 허연 등을 햇볕에 말리며
동죽을 캐던 갯벌의 아낙들을 떠올린다
강소주 한 잔을 들이켜는 선주의 목젖으로
어이없게 걸려든 밴댕이가 진저리를 친다

그랬다.
양은 도시락을 튜브를 자른 타이어 줄로
자전거에 동여매고 염전으로 향하던
남정네들은 길게 페달을 돌렸고
아낙들은 굴을 쪼고 맛살을 잡아
망태기 그득 담아 낑낑거리며 바다를 밀어냈었다

태양이 이글거리던 결정지 깜파리 위로
하얗게 소금 알갱이가 튕겨 오를 때면
눈동자만 반짝이는 염부와 동죽 망태기를 짊어진 아낙이
들고 나던 갯벌은 환한 미소를 짓곤 했었다

오이도 등대에는 지금도 비가 내린다
하늘을 받쳐 든 우산 속 연인들은
지나간 시절을 등대가 말했다고 아는 체를 하며
알아듣지 못할 말들을 갯벌로 쏟아낸다
껌뻑이며 반쯤 눈을 감은 등대의 끄덕임은
밀려드는 파도를 마시고 있다

저녁이 되면

저녁이 되면
온종일 달려 퉁퉁 부어터진
종아리로 하루 내 쏟아낸
암투 같은 욕설들이
덕지덕지 눌어붙어 서걱거린다

저녁이 되면
가쁜 숨 토해내며 덤벼대던
승리의 깃발 움켜쥐고
오랑캐와 맞닥뜨려 흘려 낸 강물이
핏빛 되어 흐른다

저녁이 되면
으스름 달빛 처연함을 닮아 가는
가여운 휑한 둥근 달만
뭉개진 마음 창에 머물고
초롱초롱한 별 하나씩 떼어
뜯긴 살점 허허로움을
애써 감추려 메우고 있다

저녁이 되면
긴 한숨 울화를 태워내 잠들
깨지 않을 어둠을 덮는다

산에 오르다

꼭대기로, 꼭대기로
보이지도 않는 산으로
오르려는 시도는 갈등

찬밥에 물을 말아 먹고
시린 이를 더운물로 헹구고
뻐근한 허리에 파스를 붙이며
잘못 길들인 성질머리를 세절하다
중간에 끼어 오도 가도 못 하는 신세

턱턱 숨이 막힌 오물 덩어리를
한꺼번에 토해내고 뱉어내며
엉성한 돌부리에 발을 베어도
바르지 않고 치유되는 연고

꼭대기로, 꼭대기로
저 보이지 않는 산으로 오름은
한 수를 감춘 명의를 만나러 가는 길

연

얼레가 풀리고 바람을 탄다
풀었다 조였다 숨 가쁘게 달려와
하늘을 날기 위해 준비한 시간
꿈꿔왔던 세상에서 연이 되어 날았다
곡예를 부리는 멋들어진 광대가 되어

하늘 높은 구름 끝 가늠도 해보고
거꾸로 내려앉은 세상도 희롱하고
흐르는 바람을 가르는 날개 없는 연
동작 하나에 자지러지는 환호성
우쭐한 세상아! 흔드는 꼬리를 보아라

연이 되어 날았었다
뻥 뚫린 가슴 허허로운 방패연으로
이리저리 흔들흔들 그저 꼭두각시
연줄에 매달린 허수아비 서러움이 우습다
새가 되어 나르련다 날개를 달아다오
목줄을 풀어 너울너울 춤추며 나르리라
흔들거리는 세상 속으로

겨울 바다

꿈결 같은 멜로디 춤사위
야청빛* 파도가 넘실대는
으스름*의 서해

찬 서리 겨울 바다
고적함도 숨죽인 파도는
시원*의 시작

연두의 싱그러움
점점 더 풍요로워질
소리의 침묵이 고개를 밀고

긴장시켜 깨우거나
일어나라 강요치 않는
소리의 바다

야청빛* : 검은빛을 띤 푸른빛
으스름* : 빛 따위가 침침하고 흐릿한 상태
시원* : 덥거나 춥지 아니하고 알맞게 서늘하다

하늘 내린 인제麟蹄

설악雪嶽이 하얗게 자작나무로 오르고
천상天上이 하강해 빛으로 축제를 열며
중년도 소년이 되어 감성을 되찾는 곳
강원도 인제의 사계를 아시나요

남에서 북으로 흐른다는 인제麟蹄의 젖줄
댐으로 수몰水沒될 위기도 극복한 하나 된 고장
굽이굽이 흐르는 산을 닮은 내린천 따라
젊음에 함성과 가슴 뛰는 청춘이 어우르고
물결을 가르며 춤을 추는 환상에 래프팅

그대는 아시나요?
태초太初의 숨이 처음으로 발원發源되어 흐르는 곳
호국영령護國英靈이 강산을 지키며 잠들어 있는 곳
윤슬로 내려 미리내 곱게 펼쳐 출렁이는 곳
축복祝福의 고장, 하늘 내린 이곳이 인제라는 걸

불성실의 유혹

석빙고 얼음 조각 하나를 꺼내
잡아당긴 목구멍에 억지로 밀어대니
울먹임 같은 애련함이 흔들고 지나간다

함부로 불성실에 의연함을 달아주고
기억하기도 망각하기도 하며 살다
관념적이거나 추상적인 지갑을 열어
엽전 몇 닢과 바꾸는 유혹 속 행복

배타적이며 낯섦이 익숙지 않은
첫 만남의 씁쓸한 저울질의 눈금에도
눈을 감아 불성실을 달아준 의연함

함부로 넘으려는 자존심을 지켜내려
회계의 목걸이를 건다

전역하는 날

애벌레 한 마리 꼬물대던 이등병
누가 뭐랄까 가득한 긴장
꺾어 세운 허기진 등엔
곤두세운 가시털 경계를 서고

만만한 나뭇가지 단단히 동여
실타래 뽑아 둥지 틀던 일등병

시름과 고통 감내하던 세월
어느덧 성충 되어 상병 되었네

내공은 무럭무럭 경화에 이르고
계급장 병장 되어 하늘 문 열어
가벼운 날갯짓에 창공을 박차네

아! 젊은이여 영원한 영광이

귀가

힘이 빠져 흐느적거리는 술병을
단단하게 움켜쥔 손목이 미끄러진다
벌써 취기가 오른 뚜껑은 탁자로 널브러지고
몇몇 머리통들은 누가 더 커졌는지
이마를 맞대 키재기를 하며 으르렁거리다
아직도 씹을 안주가 남았음을 알아챈다
날 선 발톱이 덤벼들 태세를 갖추고 노려보다
한순간에 낚아챈 닭발의 살점을 뜯고
달이 천장으로 대롱거리며 매달려
뿌연 시야에 잡힌 한 잔에 술을 흔든다
멀쩡한 사내는 구부정 거리며
비틀거리는 힘 빠진 술병의 목을 비튼다
아스팔트는 엿가락으로 휘어져 오르지만
휘청대는 길을 사내는 똑바로 걷는다

외면

잠든 고요한 뒷산은 말이 없다
길이 없어 헤매는 꿈길
내리는 별은 눈치도 없고
저 깨지 않을 무뚝뚝함을 고뇌로 괴고
그 무엇도 들으려도 묻지도 않는
고함쳐 울어대는 물음은 그저
메아리로 쩌렁거리며 날아오를 뿐

예전부터 모르는 사람이듯
내가 너에게 모른다 말했던 것처럼

제2부

등을 옭조이는 세월의 무게로 흔들릴지라도.
당신을 사랑하는 것은 변화는 있어도 변함은 없다.
- 사랑 -

알다가도 모르는

사랑하는 법을 깨닫는 것과
사랑하는 사람과 인연이 되는 것은
종잡을 수 없는 일이다

기회를 놓치면 연이 사라지고
기회를 잡지 못하면 연도 소용이 없고

그렇게 애를 태우며 맺은 인연도
진정이란 마음으로 애써 대해야 함인데

늘 선함으로 마주해야 한다는 걸 알다가도

잊거나, 느슨해지거나, 모른 척을 하다
잡았던 연줄마저 끊길 때가 있다

바람이 드는 까닭

터벅거리는 발길 따라
마지못해 따라오는 그림자
실낱같이 가늘어진 명줄처럼
휘청이며 훔쳐내는 흥건한 몸짓

백설은 가득한데 엇나가는 심사는
아직도 뜨거운 줄 가슴만 쳐대며
사람 들었던 정이 흩어진 까닭을 모르고
할퀴고 지나간 바람을 핑계로 삼는다

사랑은 틈으로 피어나고
이별은 금으로 깨진다는 걸 알고도
아직도 멀게만 두고 찾으려만 하니
골방이 공연히 차갑지는 않을 게다

대천으로 가는 완행

한칸 한칸 밀어내 뾰족해진 신작로를 구르며
버스가 생경한 풍경을 뒤로 잡아끌 때마다
목적지로 가는 완행버스는 덜그렁 소리를 낸다

목 짧은 소 떼가 우르르 언덕을 오르는
서산 목장의 한가로운 푸른 초원을 지나고
곰삭은 젓갈 비릿한 드럼통을 뒤적이며
입안에 흐물거리던 어리굴젓 광천을 지나다
탁 트인 바다가 꼬드기는 대천이 눈으로 들 때
덜그렁 덜그렁 마음이 쏟아질까 간신히 붙들었다

완행버스에 오르기 전에는 생각지도 못했던
홀로 떠나는 여행객이 짊어진 악다구니가
투정까지 얹어지며 슬쩍슬쩍 창밖으로 던져지고
하나씩 밀어내며 풍경으로 도착한 대천터미널
악다구니를 말없이 받아 준 여행은 완행이었다

용기

가장 힘들고 어려운 결정은
고행의 길을 떠나
참됨을 얻으려는
순례자의 길보다 아픔이다

별이 쏟아지는 들판과
밤새 달음질친 달 걸린 창과
정적을 받쳐 들고 솟아오른 아침 해와
노을로 빠져든 석양의 물보라처럼

어둠에 갇혀버린 마음속
걷어낸 장막을 뚫어내는
가장 눈이 부신 빛으로 열어 낼
내겐 도전할 용기가 필요하다

거슬러 올라간 물고기의 강물엔
오르려는 단 하나
희생만 있었을 테니

매듭

얽히고설켜 매듭지어 사는 세상
고단함이 못내 힘겨운 발버둥은
살갗 피고름으로 조여지고
누가 누구의 매듭을 풀어
고름 빨아낼 고약을 붙여 줄까

불 밝히려 띄워 낸 전기선
전화기를 앉히고
TV를 눕히고
세워진 인터넷이 얼기설기 묶여
할머니 처진 젖통으로 늘어졌구나

누가 누구를 엮어 매듭을 지었을까?
누가 누구의 매듭을 풀어줄까
손가락 깨물어봐야 아프기만 하지
애당초 매듭을 묶지나 말 것을

그저 내 복이려니

비겁하다

나쁜 맘 멀리하니 지척으로 달라붙고
선한 맘 쏟아지니 담아봐야 어찌하랴

초롱한 아이 맘 닮으려 애쓴들
커져 버린 방종이 앞장서 우쭐하고

"믿을게" 속없는 약속들은
빼곡히 단속 친 벽돌이 담을 두른다

사랑한다, 고맙다 너스레 떤 시늉은
산산이 허공으로 부서지고

수 없는 기도는 그저 그런 위안이듯
어제나 오늘이나 늘 비겁하다

빛바랜 지난날도 그리움이다

지나온 세월에 뒤안길
빛바랜 낡은 사진 하나에
시절의 아픔이 고스란히 박혔다

떠나고 싶었지만 떠날 수 없었고
견디며 사는 것이 고통이었고
사랑도 사치라며 고개를 젓던
까막별에 긴 숨을 토해내던 밤들

사진 속 여려진 모습으로 투영되며
아리도록 아픈 가슴을 쓸어내렸던
빛바랜 지난날도 그리움이다
다시 돌아가도 좋을 만큼

고향 집

초가지붕 감나무에 저녁이 걸리고
하얗게 피어오른 굴뚝 연기는
알불에 끓는 흰 쌀밥을 뜸 들이다
둥그렇게 걸린 달이 고운 화장을 한다

구르는 조롱박 하나 따서 올리고
툭! 붉어진 요염한 석류가 오르고
대추나무 흔들어 마지막 치장으로
멋스러운 밥상이 차려질 즈음

주렁주렁 감나무는 고봉밥을 매달고
외면당한 명절이 고단한 마당으로
하나둘씩 거울달에 묻어온 자식들
어머니의 허기진 배를 채운다

봄이 오는 소리

숨결조차 미동이 없다 해도
당신이 오신다는 걸 알아버렸죠
하얀 꽃망울 터뜨리기도 전
가슴엔 파란 싹 하나 움트고
아롱진 꽃잎 하나 눈동자에 담아
향기 털어 낼 따사로움 묻힌
보송보송한 손길을 느낍니다

감칠맛 풍기는 저 봄볕은
어찌 내게로 오는지
더덕더덕 눌어붙어 꽁꽁 동여맨
허리춤에 감싼 얼음장은 녹으려나
채 버리지 못해 둘둘 말린
목도리 속 겹겹이 피멍 든 가슴에도
환장할 꽃을 피우려 봄은 오는가 보다

그래도
함초롬히 돋아날 파릇한 새싹 하나를
손 모아 기다립니다

나팔꽃

슬프고도 처연한
보랏빛 나팔꽃

얼마나 깊은 한이 서렸기에
화해의 꽃을 피우고도
목줄부터 피를 토하는
울음 삼킨 멍울이 맺혔을까

말로는 뱉지도 못하고
보랏빛 입술로 꽃잎을 밀어내며
서러운 꽃대마저 사색이 되었구나

기나긴 고통 속 신음을 토해
내 속에 앙금마저 씻어 낼
치유에 나팔을 불어 다오

바람이 분다

아무렇게나 불어도 바람이고
아무렇게나 피어도 꽃일 것인데
어떠한 사랑인 계절을 두고
어떠한 사랑일 수 없는 시인이여

나는 슬픔이 싫어 봄 찻집을 떠나
뜨겁도록 환한 여름 술집을 보내고
바람이 부는 가을 정원까지 왔다오

차가워진 가슴이 동동거리다
허한 술잔에도 어두운 그림자가 들어
나는 또 겨울 나그네가 되려 하오
아무렇게나 불어도 바람이요
아무렇게나 피어도 꽃이 될 때까지

꽃이 진다

목젖까지 치미는
아스라한 설움에 꽃잎이
하롱, 가벼이 달뜨며
그렇게 저버렸다

분분히 흩날린 꽃잎이
홀연하게 가지를 비우는 날
시린 가슴을 삭이며
비로소 공허를 털어낸다

꽃을 놓아버린 것인지
꽃이 나를 놓은 것인지
뒹구는 꽃잎이 사라지고 나서야
기꺼이 여여如如할 수 있었다

구름 같은 사랑

물 깊은 계곡 산등성으로 오셨다가
돌고래 곡예 넘는 바다로 오셨다가
양 떼들 뛰어노는 목장으로 오셨다가
말없이 왔다가 말없이 가는 당신입니다

가슴이 타오르는 목멘 진실을 숨기고
점점이 흩어지다 그려내는 속내는
석양이 노을 속으로 잠기고서야
빨갛게 볼 붉히며 한참을 서성입니다

그대만 바라보는 하루여서 행복했다고
붉은 심장으로 토해내는 사랑이건만
야멸차게 돌아서 구름처럼 떠난 당신으로
벌거벗은 갯벌엔 천천히 어둠만이 내립니다

취모구자吹毛求疵

터럭을 불어내 남의 허물을 들추는
되먹지 못한 우愚를 범하는
취모구자吹毛求疵를
다락 속 깊은 곳에 숨겨라

관용이라는 글귀의 사용처도 모르며
누가 누구의 허물을 물으려는
민망함을 꺼내 보일 자신은 있는지

돌고 도는 세상에
더불어 동행이라는 가면 속 얼굴을
가만가만 어루만져 쓰다듬다 보면
위로라는 싹이 오르며
사람이 정말 아름답다 여겨질 테니

운명(북 오브 더 러브)

"가장 힘든 순간에 당신이 떠올랐어요"
"당신은 대체 누구죠?"

동경하는 세상에는 별들이 산다
하나둘 별을 세는 것만으로도
울컥울컥 토하며 어둠 속에서도 꿈을 꾸며
알 수도 없는 편지가 도착한 거리에는
반짝이는 별이 되어 사랑이 내린다

"첼링크로스 84번지"

운명도 거스르는 눈물을 숨긴 장소
가슴을 베인 상처를 담은 편지는
강처럼 흐르는 사랑을 되돌릴 수 없었고
누구도 거스르거나 막아설 수 없는
아름다운 꽃이 되어 환하게 웃는다

지금은

소쩍새 울고 간
나뭇가지 떨림에도
한 움큼 설움 묻힌
흔적을 알지 못했고

붉은 장미
고운 몽우리 풀던 날에도
세찬 바람에 떨구는 잎새를
슬퍼하지 않았다

지금은…

비움

그저 그런대로
발길 닿는 대로
걸음을 뗍니다
터벅터벅

혼자가 좋은 이유는
재잘거림이 없기 때문입니다
덩그러니 볼품없는
돌덩이 하나 방석 삼고
퀭한 눈 들어 올려 본 하늘
파란 하늘빛 하얀 도화지

가느다란 빗줄기를 그립니다
한 방울 두 방울…
잡념 하나 잡념 둘…
그려지는 빗줄기 따라
하나씩 마중하는 잡념

그저 그런대로
발길 닿는 대로
걸음을 뗍니다
터벅터벅

키스

혀끝이 입술을 밀어내는 순간
녹아내린 내 몸이 발끝에 걸렸다
손가락은 발기하여 쭈뼛쭈뼛 치솟고
혀는 식도를 따라 심장 끝을 때렸다

지금껏 두고도 몰랐던 촉감이
몽글거리며 살갗으로 돋아 오르다
한꺼번에 뜨거움으로 스며들며
두 입술은 하나로 포개져
혼미해짐이 천국의 나락으로 내린다

목덜미 흘러 심장에 쉬던 숨을
채 토해내기도 전
성장하지 못했던 내 영혼을 깨워
다시 태어난 듯 네 입술을 갈구한다

이 여자

입가에 미소를 머금고
바람에 문을 열어
어스름 사이를 가르는

아! 이 여자
왜 이리 예쁘니

떠난 후에야

소리 없는 파문이
더 크고 쓰린 울림통

떠나보낸 빈자리가
그리움의 옹이로 새겨지는 줄

몰랐다

제3부

새벽을 여는 소리는 그 무엇도 아니었다.

정화수 맑은 물, 간절한 기도를 드리는 장독대 어머니.

- 기도 -

유월의 바다

노을이 떨어지는 저녁
붉게 물드는 수평선을
홀로 바라보는 것은 피해야 한다
그것이 유월의 바다라 할지라도

몽돌을 맨발로 밟거나
무너지지 않을 모래성을 쌓거나
맥없이 부서지는 포말을 눈에 담으면
자칫 석양에 데는 것도 모자라
붉은 태양을 용암으로 토할지도 모른다

뜨거움을 재우려 잠기는 불덩이를
무심히 뒤돌아본 서쪽 바다로
하마터면 너의 얼굴같이 붉어진 갈증을
울컥 쏟아 낸 적도 있었음을

그 치명적인 심연의 시간은 피하는 게 좋다

궁합이 딱 떨어지는 날

포장마차 어묵 국물
슬금슬금 곁에서 추근대고
또르르 하얀 소주잔으로
말간 것이 배시시 웃는다

톡 쏘며 목으로 넘어가다
비릿한 냄새를 풍기는
첫사랑 한 모금 같은 그녀

첫눈은 포장마차 지붕으로 내리고
먹장어 배배 꼬며 하얀 밤을 유혹하는
잔치국수가 뭉클하게 말린다

예전 하얀장엔 여전히 불이 밝다

잠 못 드는 밤

왜 몰랐을까
밤새 저 담벼락 장미는
달빛 취해 톡톡 달라붙은
이슬방울마저 외면한 채
건성건성 드러낸 허탈함에
부슬부슬 꽃잎마저 떨어낸 것을

왜 몰랐을까
아침이 되도록
가시에 찔린 애련함이
맺힌 이슬을 털어내며
무뎌진 나를 원망하듯
핏빛 장미꽃마저 외면했던 것을

달이 지나면
해가 뜨는 이유는 알려나
먹구름 낀 오늘 밤은 어쩌랴
뽑지도 못한 가시에
밤새 퍼부어 댄 눈물로
꽃잎은 눈마저 감았는데

몽글몽글 솟는 눈물
감춰지긴 하려나
가로등 깜박이는 불빛에
투영되는 내 눈물을
그대는 보려나
건성건성 지나는 잠 못 드는 밤
입 다문 장미 가시를 뽑는다

부모

하늘이 어떠냐고 묻기에
높다고 말하고

바다가 어떠냐고 묻기에
깊다고 말했다

아직도 그 높고 깊음을
가늠조차 못 하면서

배롱나무

여름날이 무더워 잠을 설쳐
허구한 날 날밤을 새우며 정사만 했구나
오늘 아침 벌건 애 하나를 불쑥 꺼내더니
오후엔 서너 놈을 쌍으로 뽑는구나

잠도 없이 애를 낳았느냐
밤 지나고 아침 되니 세쌍둥이, 네쌍둥이
군데군데 흐드러지게 흘려놨구나

삼신할미도 네 모습에 반했는지
점지를 배운다며 기별이 넣었다니
백일기도 비법을 전수해 주려므나

배롱나무야
너에 아가들이 예쁘다

바다를 걷다

걷는 길이 밤길처럼
어둡고 먹먹하거나
걷는 길이 슬픈 비로 내려
외롭고 서글프거나
걷는 길이 꽉 막힌
막다른 골목이거나
걷는 길이 그대를 버려두고
홀로 가야 할 때
바다 한가운데 떠 있는
작은 등대를 보라

그대의 아픔이 점점이
흩어졌다가 모이고
그대의 절망이
눈물 되어 흐르다 모이고
그러다
그대의 의지가
하나로 모여 바다를 걸으면
결국엔
스스로 이겨내려는 용기가
그대 앞에 서리니

전갈

끙끙거리던 바람 한 점
그녀 창문에 걸어 두고
밤이 깊도록 기척이 없어
구시렁거리다
윙윙 울음 토하도록
손바닥 비벼 온기를 모으고
꾸물대는 얄미운 구름에
눈총 주며 돌아선 뒷걸음질
달도 없는 창에 걸린 깊은 밤
내 바람은 밤새 울었겠다

이 계절 애꿎은 비는 뿌리고
창문 걸린 바람은 춥다
온밤을 비에 젖어 떨던 바람은
그녀 창밖에서 섧고
오도 가도 못 하는 내 전갈은
창문으로 서러운 울음을 운다
이 계절엔 또 사랑은 비켜 가는지

발화점

사랑을 꿈꾸는 자여!
보았느냐
타오르는 불꽃의 자유로움과
이글거리는 춤에 욕망이
하나로 합쳐져 꽃으로 승화됨을

환한 밝음으로 주변마저 비추고
한 줌의 재로 남음도 감내하는
숭고하고 성스러운 희생을

사랑을 꿈꾸는 자여 준비하라
진정으로 빚어낸 등잔을 만들고
긴 머리카락을 잘라 심지를 세워
심장에 흐르는 생명수에 기름을 붓고
불을 붙여낼 쏘시개를 만들어라

뛰는 심장이 열어 낸 따뜻한 눈빛이
발화점을 찾아 최선을 선택하리라

가을 참 좋네

몇 무리의 새가 산허리를 지나고
몇 잎의 구름이 강물에 담겨 흐르고
바람은 나뭇잎 사이를 비집어 들고
앙다문 도토리는 바닥을 차고 오르지

당신의 뜰엔 빛이 들었나요?

떡갈나무 갉아대는 송충이 눈에도
부리가 꺾인 딱새가 만만해 보이고
뉘엿뉘엿 붉은 노을이 하품하는
쩍 벌어진 밤송이 입으로
채색되는 풍경이 발개지는 가을입니다

일어서기

뒤집기에 성공하는 날
모두의 눈총이 한곳으로 몰리고
칠 듯 말듯 망설이던 손들이
우르르 손뼉을 친다
포복으로 치켜든 고개는
고지도 없는 목표로 전진하다
제풀에 지쳐 "으앙" 울음이 터지고
까닥까닥 소파를 더듬다
부르르 떨리는 까끄락발* 버팀으로
우뚝 세상과 마주한다

까끄락발* : 왼발을 표현함.

오월 찬가

백옥을 갈아 베틀에 뿌려 비단을 짜고
상아에 밝은 진주에 대패를 먹여
사월의 빛 좋은 봄이 찾아온 날
얼기설기 둘러메어 가지마다 걸었다

색동저고리 꽃물 뿌려 채색하고
아리도록 시린 푸르름에 연록을 먹여
오월이 건널목 차단기 걷어 내는 날
시간도 멈출 황홀한 자연을 널었다

이 가을엔 사랑하리라

마음 둘 곳 없어 애꿎은 속만 태우며
지루한 장마 속 서럽던 사랑에
흔들리던 헛헛한 지난여름이 우습다

초록이 물들기도 전
내 맘이 먼저 물들어
베인 허리춤에 물이 차오르듯
내 심장은 빨갛게 익어가며
단풍잎보다 고운 빛깔로 채색되었다

옅은 계곡에 흐르는 재잘거림이
가을과 마주할 바다를 향하다
소리 죽여 울음 우는
기척도 없는 강가와 마주한 황홀함
이 가을엔 사랑하리라

까치발

까치발 세워 넘어 본 그 담장
어깨 밑에 내려놔도
맘보단 높아 까치발 든다
그녀 모습 보일까 봐

심술 난 바람 그림자에 들켜
담장 속 몸통 끌어 숨겼다
무슨 죄를 지었기에
가슴은 두근거리나

지나는 바람 그림자에 놀라고
두근거린 맘 담장 너머 뒹군다
슬며시 까치발 힘주어 넘어본다
그녀 모습 보일까 봐

잠자리

비단 얇은 갑사(甲紗)로 날개 달고
잠자리 한 마리 간짓대에 앉아
살금살금 다가가도 떠날 줄을 몰라
기특한 저 잠자리 예쁘기도 하여라

전생에 저 잠자리 무슨 인연이기에
숨죽여 맴맴 손가락 돌려 꼬드기며
가시랑가시랑 수면의 주문을 외다
화들짝 놀라 잠이 깬 저 잠자리

아! 가을이다

버팀목

언제부터인가
눈가엔 촉촉한
이슬이 맺힌다

누군가의
버팀목으로
살아온 세월
힘들고 저릴 때가 있어

내게도 든든한
버팀목이 되어
가슴 따뜻한
토닥이는 한마디를 건네는
누군가가 그리울 때가 있지

위로를 받고 싶은
그런 날이 있는 것처럼

청춘에게

삼라만상은 고요의 침묵을 깬
경이로운 섭리의 보고寶庫
세상을 온통 순백純白의 화선지로 덮는다

붓 하나 들어 창공에 일필을 휘두르고
고요한 침묵에서 청아한 시를 읊어내듯
하늘을 나는 새의 노래에는 가성假聲이 없다

꽃의 향기와 빛깔에는 덧칠이란 없으며
부끄러움 없는 하늘 또한 청명하기에
붉은 노을에는 구차한 변명도 걸리지 않는다

수많은 길을 만나는 청춘이여
종내終乃에는 가슴만이 열 수 있는 문門
그대의 문文으로 열어 빛이 날 청춘이다

산수유

겉껍질이 허물을 벗고
속 꽃이 얼굴을 내밀다
세 번째 거북등을 뒤집어
마디진 가지마다 노란 속살을
지천으로 달아맨 분탕질

고갯마루에 걸터앉아
하루 끝에도 바람이 분다며
조밀히 손톱만한 꽃잎 내밀어
맑은 향 뿌려대는 분분한
수선스런 잔치

벤치

지독히 외로운 그대의 고독
지독한 이별에 그대의 슬픔
지독한 사랑에 그대의 몸살
지독히 그리운 그대의 눈물

나에게 죄를 물으신다면
그대의 한숨이 토해지는 걸
그대의 가슴이 쏟아내는 걸
넙죽넙죽 그대를 받아준 죄는

잠시 숨 돌려 쉬게 하려 한 죄
떨구고 간 이 많은 사연을
치유하지 못한 죄
돌이킬 수 없다며 묻어버린 죄

인생은

종내에는 결국 떠나보내는 것
그래도 가슴이 아픈 건

알면서도
작별 인사를 제대로 못 했다는 것

만만하다고 생각하다
문득 빈자리가 공허하다 여기고

쓸쓸한 늦은 후회를 놓는
인생은 바보처럼 눈물 흘리는 것

손수레

얼기설기 동여 매 쏟아진 골판지
구부러진 등 골짜기로 흐르는
눈물보다 가여운 흥건한 땀방울
눈썹으로 매달은 주름마저 슬프다

온 밤을 끙끙대며 토해내던 신음
아침을 긁어대던 골방의 흐느낌
새벽 찬바람을 구부린 등짝에 매달고
끌려가는 손수레 설움으로 구르다
내게 묻는 서글픔이 콘크리트로 뒹군다

주머니 속 부끄러운 손가락이 꾸물댄다
울고 있는 건지, 웃고 있는 건지

마지막 시간의 용서

용서를 구하지 못하는 시간에도
방향성은 있었노라고
화해를 뿌리치던 손길에도
푸념 아닌 변은 담겨 있었다고
나누지 못한 가련함에도
이기적이라 여기진 않았다고
구함을 얻고자 하는 비겁함에도
요사함이 스미지는 않았다고

그래도 많이 미안하다고
그래도 많이 후회한다고
토해내야 하는 고해성사가
성당 종소리로 매달린다
댕~댕~댕

⊠제4부

한 사람과 여러 번의 사랑에 빠져
아름답다고 말하며,
한 사람과 오랫동안 사랑을 나누었다고
감사하는 것이다.

- 부부 -

당신을 위한 밥상

금빛 들판 해풍 품은 햇살로 키운
토실토실한 햅쌀 한 바가지 퍼서
내 사랑 깊이만큼 찰박하게 물을 부어
은은한 살 냄새 풍기는 불을 지핍니다

봄바람에 바람난 한 움큼 시금치 뜯어
부끄러워 숨겨버린 가슴만큼 데쳐 내
둥근달 마음 담은 장독대 간장을 떠
고운 손 잡아주듯 조물조물 버무리고

심해 바다 등 푸른 고등어 하나 건져
미움 하나, 갈등 하나, 서러움 하나
미련 없이 잘라내 세 등분 하고
마음 따뜻한 양념장을 흩뿌렸어요

그대 향한 향기만큼 훌쩍 큰다는
빛깔 좋은 콩나물을 냄비에 넣어
보글보글 넘치게 사랑국을 끓여
엄마의 정성이 담긴 김치를 보탭니다

당신이 좋아하는 불고기는 아니지만
새봄에 돋아난 야들한 새순 같은
억겁의 인연으로 만나 사랑을 하는
당신을 위한 밥상을 차립니다

당신의 여자

오랜 기다림을 붙들고
바우쇠의 줄타기 광대가 되어
오롯이 따뜻한 가슴을 열어주는
당신을 따르렵니다

연분홍 립스틱 곱게 색을 칠하고
채송화, 봉선화 꽃물을 내려
꽃마저 반할 예쁜 화장을 하는
당신을 따르는 여자입니다

외줄처럼 위태롭고 안타까운 사랑
끝내 지켜 기다려준 고집스러운 사랑
야멸차게 돌아서던 내 허물마저
정성 다해 보살펴준 애절한 사랑
당신의 여자가 되려 합니다

떨어지는 눈물 고이 받쳐 들어
행여 눈물방울이라도 비칠까
숨으로 들이키는 어머니는
당신을 사랑하냐고 물었죠
당신의 여자입니다

행복이란

새순 돋아 파릇한
흐르는 냇물 속
발끝에 차오른 생명수 같은

따가운 햇볕 막아
느티나무 그늘을 두르고
귓불 간질이는 실바람 같은

봄볕 품은 햇살에
흐드러진 앵두꽃 매달아
알알이 입술 품은 앵두 알 같은

꺾인 등 쪼그려 앉아
보글거리는 장독대 소리에 취해
주름살 곱게 패인 어미 얼굴 같은

옹달샘 깊은 물
몽글몽글 솟아나는 정갈함에
가득한 웃음 풀어낸 보따리 속
한 움큼 넉넉한 사랑 퍼주는
당신이 있기 때문입니다

어머니

당신의 뼈를 깎아 기둥을 세우고
당신의 살을 발라 벽을 둘렀습니다
당신의 머리카락 삼아 이엉을 엮어
조랑박 구르는 초가지붕을 올리고
당신의 눈을 빌려 등을 밝혔습니다

당신의 사랑으로 문을 만들어
애태우며 남기고 떠나신 불효자는
오는 이, 가는 이, 만나는 모든 이에게
제게 남기신 애달픈 사랑에 마음을
나누고 기억하고 따르겠습니다

사랑합니다

그리 대단치도 않은
사람인데
그대 내 눈에 들어와
가녀린 손 내밀어
반평생 그늘 되어주었지

숨소리 흩어져
가랑가랑 쇳소리 토해내도
당신을 사랑합니다
오랫동안
시간이 멈출 때까지

결혼 나무

너만을 위한, 너에게로 가는 길
손잡은 이 길이 영원할 것 같아서
하루가 날마다 행복일 것 같아서
어깨를 기울여도 넉넉할 것 같아서
결혼은 그렇게 자랄 것이라 믿어라

사랑이란 키스로 영혼이 소통하고
정성 가득한 따뜻한 밥상을 마주하고
보이지 않는 아픔마저도 다독거리며
잠든 꿈결도 반짝이는 윤슬처럼 아름다운
결혼은 그렇게 자랄 것이라 믿어라

신뢰와 믿음이란 기준을 세웠다 한들
눈물 훔치며 돌아서는 어리석은 날에는
배신과 위선이 미움의 거품을 물지만
잘려나간 가지에도 새순이 돋듯
결혼은 그렇게 자랄 것이라 믿어라

누구를 위로하고, 누구를 사랑하고
누구를 키워내고, 누구를 미워하고
누구를 원망하고, 누구를 슬퍼하는지
정작 은 자신이 바뀌고 성장하는 것
결혼은 그렇게 자랄 것이라 믿어라

어느 날, 너를 닮은 아이가 태어나
하얀 웃음을 머금고 선물처럼 다가올 때
심장도 멈추지 못할 황홀한 축복이 넘치리니
너만을 위한, 너에게로 가는 길
결혼은 그렇게 자라 날 것이다.

이별

1.
눈물 떨어내
그대 이름에 번져도
그대여
외면해주오

지워내 떨군 눈물
달음질한 끝자락 걸어
설게 여미지 못한 맘
당겨낼까 아프니

2.
설게 여미지 못해
끝자락 걸린 눈물
품지도 못한다
서러워 마오

서툰 달음질이
그대 이름을 스쳐
설픈 낙인으로 새겨져도
고이 가슴으로 묻으리다

비 내리는 밤

이 밤 빗소리는
속삭임처럼 달콤하다
까만 밤을 가르는
화살비 하얀 빗줄기는
얇은 입술 떨림이 우는
향긋한 입맞춤보다
황홀하다

엄마 젖가슴 뽀얀 속살보다
푸르른 들판 파릇한 향내보다
이 밤
속삭이듯 유혹하듯
쏟아내는 빗줄기가
숨소리 죽여 호흡하는
하얀 밤을 드리웠다

가락지 낀 손가락 채 빠질까
손깍지 끼워 잡아챈 빗소리
싫지 않은 표정 머금어
살포시 입맞춤하는 이 밤

후회

기억 저편
망토 감춰 건네준 사랑인데
가시넝쿨 빨간 딸기라도 열렸나
햇볕은 따갑게 내리쬐는데
눌려 처진 등 가여운 그대여

지나쳐 버린 가로수
머물지 못한 바닷가
은하수 넘나든 밤하늘

시린 손 정겹게 잡아나 줄 것을
가는 길 쉬며 바라보게 할 것을

초라한 등줄기 떨어낼 눈물
그대 앞섶에만 어른거리고
미안함도 민망해 고개 감춘다
그대여!
어떤 삶을 살고 싶은가

아무개의 인사(치매)

뒤늦은 후회는 당신을
사랑한다고 말을 합니다

예전부터 많이 친근했었다고
사랑만 파먹던 굼벵이였다고
눈물 떨구기 미안한 못난이였다고
얼굴 마주하기조차 민망했다고
사랑한다고 내민 손이 부끄럽다고

진작 사랑한다고 보듬어 줄 걸
눈이 감기고 귀가 닫힌 당신께서
누구냐는 물음에 그때야
아! 나는 누구도 아니었습니다
떨군 고개도 쑥스러운 아무개일 뿐

사랑을 묻다

소곤소곤 속삭이는 가슴은
사랑이 그리움일 테고

콩닥콩닥 뛰는 가슴은
사랑이 시작되었음이며

두근두근한 가슴은
사랑이 머물러 있음이요

쿵쾅쿵쾅 뛰는 가슴은
사랑을 나누고 있다는 거지

사랑은 말하지 않아도
가슴속을 들여다보면 알 수가 있어

안부

늘 그리워하고
가깝다 느끼던 너에게
"잘 지내니?" 한마디가
이렇게 멀게 느껴질 줄이야

"아프다" 말할 게 뻔한데
안부를 물으려는 말끝이
"너는 어떠니?"

쓴 물이 올라오고
위로를 건네려 쥔 손으로
핑 도는 눈물

내 어릴 적 사랑

내 어릴 적 사랑은
너풀대는 파도 속 깊은 소용돌이
소라 집 빨려 들어간 궁궐에
보조개 꽃 흠뻑 먹은 공주님 꿈을 꾸었다

내 어릴 적 사랑은
하얀 꽃 빨간 입술 머금은
복숭아꽃 잔치 벌인 과수원 길에
쌍 잠자리 수놓은 보자기 깔고
긴 생머리에 노란 원피스
도시락 풀어 기다리는 꿈을 꾸었다

내 어릴 적 사랑은
길게 늘어뜨린 파란 신작로
휘파람 불어대는 포플러 가로수 길에
양털 구름 포근한 등에 업혀
뾰족구두 손에 꿰고 사뿐히 걷던
달콤한 쪽잠 꿈을 꾸었다

그리운 어머니

어제 먹은 보리개떡이 얹혔나
하루 내 가슴만 저리다

그리움 한입 베어 물고
입안 가득 보고픔을 채워도
가슴 토해진 서글픔만
두 눈 타고 흐르네

가끔은
그리움도 되고
때로는
보고픔도 보이더니

어머니 그리움에
이리도 가슴만 저렸나 보다

눈웃음

빠지면 헤어나지 못할
치명적인 요염함

사르르 녹아
슬금슬금 오르는

거품 커피처럼 부풀고
초콜릿 달콤함이 담겨

큐피드 화살로 관통하는
여우 같은 눈웃음

꺼내지 못하는 그리움

가끔 그대가 그리워질 때
빛바랜 갈피 속 그리움을 들춘다

비가 내리는 바닷가
바람이 지나는 백사장

파도가 밀려와 철썩거리며
그립다 뺨을 훔치고 지나가도

바다로 내린 달빛을 걸어 올린
그리움 담은 별들을 센다

더러는 그리움도 봄처럼 볕이 들고
포개지는 파도가 눈물을 삼켜도
갈피로 접어 그리움을 숨긴다

호시절 다 갔네

영천댁은 고개 넘어
고사리 꺾으러 소쿠리 끼고 나간다
이장네는 물 대러 논으로 가고
명진네는 모심는 날이구나
길상이가 장작을 패는데
애는 간데없고 머리 허연 노인네가
도끼만 들었다 놨다 모습이 우습고
명희 할매 툇마루에 앉아
중얼중얼 뭐라 뇌까리건만
도무지 알아들을 수가 없다
저 멀리 경운기 덜덜거리는 소리
영훈이가 과수원 나가나 보다
마을회관에
구부정한 할망구 딴소리가 궁금해
몇 마리 까마귀가 기웃거린다
열어둔 초록색 철문은 제힘에
철그럭철그럭 닫혔다 열렸다

멍울

차마 사랑했노라
꺼내지 못한 말이 아쉬워
떠나는 발걸음 사각거림에도
한 자락도 쏟아내지 못했음을
참 다행이라 여기며 버팁니다

노을빛이 능선으로 잠기고
뜨거운 붉은 단풍으로
가을에 돌아선 당신이 떠올라
철렁한 바람이 스치는
허한 끝자락엔

지난가을같이 멍울이 맺혀
온종일 능선이 빨갛게 타오릅니다

가시렁차*(염전)

가시렁 가시렁 가시렁차
썰매 달고 달린다
수북하게 염부의 등골을 빼
염전에 채취한 소금을 싣고
수탈의 강점기 한이 달린다

힘겨운 노동은 성스러운가
힘겨운 노동이 아름다운가
고통의 각혈이 아침을 쏟을 땐
세숫대야를 붉은 피로 물들이고
버거운 무게로 휘청이는 어깨는
염전으로 향하는 아버지 운명이었을 뿐

비릿한 바람 수려한 경관을 매달고
바다를 끼고 돌아가는 저수지로
세월을 갉아대는 수레바퀴가 구른다
가시렁 가시렁 가시렁차
썰매 달고 달린다

*가시렁차 : 일제 강점기 짐을 싣고 나르도록 만들어진 작은 기차
광산과 염전에서 광물, 소금을 운반

가을에 쓰는 시

가을도 물드는 벤치에 앉아
가을이 담긴 시를 읽는다
쓱쓱 덧칠하는 파스텔
뚝뚝 채색되는 이파리
단풍잎 하나 곁을 내려와
아직은 벗을 때가 아니라며
가을 담긴 시에 눈총을 흘겨도
벤치로 구르는 가을에 시를
그대 고운 가슴으로 새긴다

✉제5부

지나간 것은 그리움이라 하고,
함께 만들어 가는 것을 행복이라 말한다.

- 사랑하기 -

동동 구르다

바람이 부는 언덕 너머로
휘몰아치는 눈보라를 기억합니다

신발부터 차올라 땡땡 얼어버려
꿈쩍도 못 할 마음은 빙판으로 뒹굴고

양털을 날려 포근히 덮으려 한 단속은
뾰족뾰족 고드름 같은 가시를 세우다

고독이 먼저 둥지를 튼 어둠이 든 자리엔
우박처럼 쏟아지는 눈이 내립니다

저 너머 언덕을 당겨 묻습니다
넘어진 자를 일으켜 세우려는지?
내게만 왜 이리도 가혹하신지?

부러진 가지를 꿰매는 골무마저
바늘이 들어오는 길을 찾지도 못합니다

불통不通

불기둥 속 발버둥도 차마 아깝던 시간
한 우물을 파야 뭐가 돼도 된다는
귀에 쇠딱지로 덕지덕지 늘어 붙어
살갗 두께 보다 부풀어 오르던
아버지의 아버지로부터 전해진 이야기

목숨 줄보다 질긴 새끼들 목구멍에
밥알 한 톨, 사탕 하나 밀어 넣어 주는 것이
세상에 제일로 손꼽으며 헤매던 불길
단속 친 빼곡한 담장을 동여매고
마음 닫고 걸어온 세월을 들여다본 거울 속
불같이 살았다 새겨진 불不같은 화火
가슴에 훈장처럼 낙인되어 찍혔다

거들떠보지도 않을 재활용도 가당치 않다고
광을 내며 차례를 기다리는 페품 수집소
아직은 쓸만하다 불끈 주먹을 쥐어 보지만
구둣발에 된통 차인 불같은 끓어오름에
거울에 반사되는 내 얼굴에 통通을 보았다
세월에 굳어져 버리지 못하는 불통不通

출처이자 목적지(패치 애덤스)

집이란 출처이자 목적지라는
간단한 사실조차 잊고 살면서
마음에도 집이 있다는 것을
방황하는 길에서 잃어버렸다

아픈 영혼이 손사래를 치고
진통에 신음하는 바람 소리에
나뭇가지 멍든 비명조차 사라질 때
오지를 걷고 있음을 깨닫는다

헝클어진 상처의 혼미한 기억
손가락 너머 보이지 않는 비밀은
저 뒤편에 진실이 있다는 사실에
목적지가 곧 출처임을 알았다

내림굿

작두 위 디딤발이 뜨겁다
작두 대신 머물지 못한 아기보살
땀 줄기 쏟아내는 객기만 용감하다

승전기 꽂아 칠성단을 받쳐 들어
신령 부족함을 메우려 한들
영험함이 들지 못한 사술로
오방신장 놀려봐야 깃발만 펄럭인다

부적이 날고 허공을 후려치는 신 칼은
휘몰아친 소용돌이를 밟아 대지만
낮은 곳 뛰어넘어 오를 신명은
용궁단지 아래로 한없이 추락할 뿐
공수는 그저 공수거로
극락 천도는커녕 칠성단을 맴돈다

신명을 다한 신어미의 춤사위도
날 선 작두에 팔다리가 잘리는 재물일 뿐
염불 타령조는 무악 장단에 흐트러지고
내림굿이 요원해 동자도 머물지 못한
아기보살을 어이할꼬

모판 찌는 날

김부자댁 논에 모판 찌는 날
새벽부터 무슨 기분이 좋으신지
환하게 밝으신 아버지 얼굴이
녹음을 펼친 햇살보다 푸르다
신이 난 장화를 발끝에 달고
너울너울 춤추며 모판으로 행차 시다

벌레 물어오는 어미를 기다리는
처마 밑 입 벌린 새끼 제비처럼
마루 끝 옹기종기 턱 괴고 기다리는
꼬맹이들 입맛은 벌써 천국이다

부잣집 음식 입에 넣기도 전
주머니 속 누런 포대종이를 꺼내
이놈 저놈 주워 담아 둘둘 말아 챙겨
보물단지 모시듯 챙겨 둔 봉지 속
아버지 뱃속에는 거지가 살지 않는지
참이며 팻거리는 먹는 둥 마는 둥
입으로 들이고 코로 밀고
두 손으로 움켜쥐고 욕심내는 둘째보다

두 살 난 막내 딸년 목구멍이 서러워도
손사래 치시는 어머니 손을 잡아
인절미 하나 슬그머니 건네시는
아버지 이마에 주름이 환하다
내일은 김부자댁 모내러 나가시겠네

균형과 공정의 사투(시소)

흔들거림은 가장자리 파동을 애써 잡으려는 절규에서
시작된다.

수평을 이루려는 안간힘의 중심에서 요동친 흔들림은
결연한 의지만으로는 기울기를 그려내지 못한다.

가장자리 파동이 한 뼘 한 뼘 상대의 흔들림으로 반응하고
내림과 오름의 추이를 지켜보다 결정적 단서를 엿보려 하나
급소를 찾지 못한 그래프는 오류를 범하기에 십상이다.

눌러대는 일방의 집요한 무게는 솟구쳐 오르려는
상대의 배려나 관용 따윈 안중에도 없다.

달을 건 갈고리를 내려 오로라 길 뚫린 화성 밖으로
내동댕이칠 무시무시한 무게로 눌러대지만,

상대의 균형도 땅끝에서 땅끝으로 용암 뚫어 고정한
만년 한철을 엮은 쇠사슬로 당겨내는 저항의 무게는
화성을 끌어 지구를 충돌할 만큼 기세가 등등하다.

흔들림 자체는 기울기만 있을 뿐 곧게 뻗은 굴절 없는
직선이다.

눌림의 무게와 겨루다 지쳐 과녁에 적중할 화살을 날려
수평 잡은 기울기를 파괴하고 싶은 얄팍한 수단은 반칙이다.

가장자리의 무게는 수평을 유지하는 시작이며 꼭짓점이다.

상대의 시작과 끝도 수평이고 직선이며 기울기의 값을
늘여놓은 그래프도 일정하며 변화할 기미조차 없다.
진지한 시소는 직선이며 진지한 시소는 수평이다.
흔들림을 잡으려는 저항은 균형과 공정의 중간에서
사투를 벌이지만 시작과 꼭짓점은 늘 중심으로 향한다.

안개꽃

바다 향 따라 펼쳐진 피서객 옆으로
뜨거운 태양에 기도하며 까맣게 그을린 채
혹독한 노동을 짊어진 아이가 있었어
버거운 무게로 휘청이는 짐자전거의 페달을 밟아
염전으로 향하는 아이를 애틋하게 바라보는
그녀도 있었지
시골 들녘 지천으로 피어난 안개꽃은
그녀의 손에 한 아름 들려있는 들꽃이
안개꽃이란 걸 알게 되기 전까지는
아이의 버려진 삶처럼 아무도 관심조차 두지 않았어
맑고 깨끗한 눈동자에 투영된 안개꽃 사이로
그녀는 그렇게 꽃을 건네며 마음을 흔들었어
눈물로 피워낸 소금꽃 망울이 터져
순백에 하얀 안개꽃으로 결정지를 덮었지
그녀를 향한 사랑은 그렇게 시작되며 커지고
얼굴에 피어오른 미소가 아이를 떠날 줄 몰랐어
물안개 걷어간 들판에 소금 꽃을 따는 아이는
하얗게 흩어져 억장이 무너지는 날에서야
안개꽃이 제일 예쁘다는 걸 알아버렸지

오동나무 골

내가 나고 자란 곳 오동나무 골
변변한 오동나무 한 그루 없는데
"어디 사니?" 물으면 으레 대답하는
"오동나무 골 살지요"

아버지 터 잡은 다른 이름 평안촌
육이오 때 피난 나와 고향 그리며
이산離散의 아픔들이 등 기대려 모여
나눠 먹다 붙여진 피난촌
그리 불리다 편히 부르는 피양촌

아!
그 많은 오동나무는 어디로 갔을까?
고향길 그리워 못내 설움으로 훔치다
한 맺힌 저승길 아버지를 태우고
등 뚜껑 못질 받아 길 떠난 오동나무
아버지 고향길로 걸음걸음 하였구나

하이에나

김가네 앞마당이 시끄럽다
다 썩은 괭이자루 빌려 쓰다 부러져
물어내라 못 하겠다 실랑이 속
고려적 아주 먼 사단들이 튀어 오르며
악다구니 높아진 장독대가 들썩이고
기왓장 속 놀란 두꺼비 왕방울 눈으로
마른하늘이 날벼락을 때린다

벼락 맞은 대추나무 뿌리째 뽑히고
벌떡 잠을 깬 마당은 기 싸움을 벌인다
애초부터 마당은 패거리를 숨기고 살았다
네 편 내 편은 극명하게 갈리고
와중에도 쓸개를 탐내는 간에 붙는 관망자
먹을 것이 있는 잔칫집 하이에나의 목표물은
오차도 흐트러짐도 정확히 일치한다

사랑한다면

어떤지 어떨까 간 보지 말고
이럴까 저럴까 망설이지 말고
잡은 손이 애틋해 어쩔 줄 모르고
마주한 눈빛이 서로를 원한다면
함께 걸을 길이 험하고 멀다 해도
사랑한다고 살갑게 보듬어 주고
잡은 손 고맙다며 잡아주는 거지

아들과 여친

아내보다 귀여운 여자가 왔다
발랄하고 깜짝해 주머니에도 들어가겠다
쑥스럽고 수줍어 발그레 고개 숙인
또박또박 속에 담은 말들을 쏟아내며
따라주는 맥주잔을 톡톡 목으로 넘기는
매력 덩어리 젊음을 한 아름 품고

아내보다 더 예쁘니 어쩌나
건네주는 용돈 사양하는 척 받아 들고
슬쩍 머금는 살가운 미소는
아내의 눈총도 외면하고 배 밖으로 내민
간덩이가 부풀어 곧 사망신고 직전이건만
참패를 당해도 흐뭇하니 어쩌랴

맘 비우기

맘 한켠을 너무 많이
담아두지 말자
한 사람만 그 맘에
들어오면 버거우니까

맘 한켠을 너무 많이
비워두지 말자
여럿이 그 맘에
들어오면 혼란스러우니

맘 한켠을
정갈하게 갈무리해
보일 듯 말 듯
조금씩만 내어주자
내 맘에 들어온
모든 것들이 소중하도록

배웅

너무도 많이 흔들리고 흔들려
기다림에 지쳐 버린 건
그대를 너무 오래도록
내 사람이라 여겨 사랑한 탓이며
그대를 너무 오래도록
돌아올 것 같아 기다린 탓이다

지나간 겨울은
다시 오지 않음을 알았어야 했는데
죽을 만큼 사랑했던 사람과
이별 아닌 이별이라 할지라도
다시 사랑할 수 없음을 아는데

작년에 몽우리를 풀었던 꽃망울이
다시 깨어나도 같은 모습일 수 없듯
눈썹으로 걸린 달이 예뻐서
치켜뜨면 뜰수록
자꾸자꾸 달은 오르고 올라
멀어진 하늘로 걸리고 마는 것인데

어느 곳, 어느 세월이든
바람만큼은 흔들릴 테니
죽은 나무에 매달린 상고대가
얼음꽃을 피우길 기다리다
마중했던 사랑이 이제는
그 사랑을 배웅하고 있음을 알았다

깨복쟁이 소풍

모두가 발가벗고 멱 감던 냇가
훤히 보이던 팬티는 나일론뿐
거꾸로 매달린 시간을 거슬러
도랑처럼 작아진 동심으로 간다

깨복쟁이 친구들 소풍을 간다
버스가 가는 건지 사람이 가는 건지
어제 마신 취기가 달아나기도 전
권해주는 술잔 미워도
건네주는 손길 고와 잔을 비운다

딩기리딩~ 딩기리딩~

애교 떠는 진이도
가슴 빵빵한 옥분이도
근육질 영수만 바라보지만
소녀가, 소년이 된 동심이
소풍을 간다

아픈 기억

사랑이었다면
기나긴 시간의 기다림

되새김이었다면
뒤를 돌아 추억할 미련

회상이었다면
돌아와 부딪힐 부메랑

그리움이었다면
스쳐 지난 멍울 된 옹이

손을 잡지도 못할 만큼 시렸던
한참을 돌아서도 가슴이 울던
눈을 감아도 떠오르는

통증

언제부터
울컥거리는 통증은
늘
똑같은 자리를
들쑤신다

차라리
가슴이나 두드리지

뿌연 안개가 드리운 날
아련한 그리움 같은
너란 사람
생각이라도 나게

담쟁이

홀로라는

가녀린 빗방울에 흔들리고
토담에 이는 흙바람에 미끄러져도
붙잡아야 하는 너는 홀로여야 했다

순간
뺨을 더듬는 거친 손바닥

어느새
기댐마저 허락하고 마는

기어코
낙인처럼 하나가 되는

두꺼비 영구치

저승사자보다 더 무서워
할머니 손길을 피해 도망치던

아직 뺄 때가 되지 않았다고
보기만 하자며 실로 매던 거짓말

꽁꽁 동여매
머리 한번 "탁" 치면 "툭" 빠지던
혀로 밀면 흔들거리던 젖니

대롱대롱 달려 나와 지붕에 던져
중강새야 물어가라 주문을 외고
헌집 주고 새집 얻은 두꺼비 영구치

바람에 울다

걸음이 낙엽 지는 발등으로 걸리고
혼자 걷는 으슥함은 나처럼 외롭습니다
마중 없는 오솔길에 그대를 부르지만
오실 기미도 없는 그대는 바람입니다

첫 번째 지나는 바람에
날개를 접은 채 구부정한 등짝으로
뱁새마저 허기져 훌쩍 자리를 뜬
나뭇가지 떨림처럼 울음이 터집니다

우수수 쏟아지는 가슴을 붙들어
가을이 불어 대는 바람뜰 안에서
그렇게 흐를 그렁그렁 눈물이라도
혹여 남아있기를 바랍니다

중간 만큼에 살다가

너는 나랑 왜 사니?
글쎄

나랑 살면서 뭐했니?

애들 둘이나 낳았잖니
밥 주고 빨래도 해줬잖니
애들도 키우고 집도 샀잖니

그러네
그런데 나랑 더 살고 싶니?

글쎄다
딱히 나쁘지는 안잖니

그러네
딱히 나쁘지 않네

기억 그리고 왜곡

머리를 자르고
화장을 하고
곱게 차려입은 모습
참 예쁘다고 하였다

흐르는 눈물 애써 감추고
저린 가슴을 치며
꾹꾹
참아내는 줄은 모르고

빛바랜 지난날도 그리움이다

오필선 시집

2019년 4월 18일 초판 1쇄

2019년 4월 23일 발행

지 은 이 : 오필선

펴 낸 이 : 김락호

디자인 편집 : 이은희

기 획 : 시사랑음악사랑

연 락 처 : 1899-1341

홈페이지 주소 : www.poemmusic.net

E-Mail : poemarts@hanmail.net

정가 : 10,000원

ISBN : 979-11-6284-106-8

※이 책은 안산시의 문화예술진흥기금 일부를 지원 받아 제작 되었습니다.